Socker

Del ett

Veronica M.T

Förlag: BoD – Books on Demand, Stockholm, Sverige

Tryck: BoD – Books on Demand, Norderstedt, Tyskland

ISBN: 978-91-7851-244-7

Forever is a long time

to be walking on a fine line.

- Claire de Lune: Skipping stones

Alice ställde in den sista flyttlådan i hallen. Hon hade nyss köpt ett hus tillsammans med sin sambo Peter i ett fint område i södra Stockholm. Det var i början på april och det var fortfarande lite kyligt ute men fåglarna hade börjat vakna till liv. Hon älskade denna årstid, just innan allt började vakna till liv i naturen så är var en sorts frihet som infann sig i sinnet.

Huset var en tvåplansvilla, det var träfasad målat i rött med vita knutar, just ett sådant hus som hon alltid hade drömt om. I vardagsrummet fanns en öppen spis och det var den detaljen som avgjorde om de skulle lägga bud, för en öppen spis är obligatoriskt till jul. Alice föreställde sig hur hon och Peter skulle sitta framför elden, dricka varm choklad och mysa, elden som värmer deras kalla kinder och kanske skulle de till och med hinna skaffa ett husdjur tills dess.

Det var ett ganska stort hus på närmare 200 kvadrat, många rum varav två badrum. Ett av dessa hade dessutom en jacuzzi, något som hon alltid drömt om att få äga. Förhoppningsvis skulle både hon och Peter komma att tillbringa mycket tid där tillsammans.

Någon gång i framtiden kanske det skulle höras barnskratt och tassande små fötter i huset också, det är ingen risk för platsbrist tänkte hon.

Tomten var stor med en väl tilltagen och insynsskyddad altan. Alice föreställde sig hur hon låg på gräsmattan och solade på somrarna. Fördelen med trädgården var att det fanns flera fruktträd samt några vildvuxna hallonbuskar.

Alice älskade bakning och att kunna plocka egna hallon skulle bli en lyx, fikat skulle bli perfekt.

Det fanns grannar på bägge sidor av huset och Alice hade en känsla av att det kunde bli riktigt trevligt framöver. Hon hade alltid velat leva så här, med grannar nära intill men ändå inte så nära så att det blir jobbigt, det kändes tryggt och bra och om hon hade tur så kanske det fanns någon som hon kunde umgås med också. Hon drömde sig bort till en varm sommarkväll i framtiden när hon och någon av alla grannar satt på altanen, drack vin och pratade om allt mellan himmel och jord. Det var något som hon hade saknat när de bodde i lägenhet, då fanns det grannar alldeles för tätt inpå som kunde höra allt som sades på balkongen.

Peter, den mörkhåriga, brunögda man som hon hade blivit förälskad i. Han var ett skolboksexempel av den svenska mannen. Han körde sin Volvo, ville ha två barn och hund. Han älskade tacos och föredrog missionären. På något vis så föll hon ändå för honom även om Alice avskydde det där vanliga tråkiga sättet, men med honom var det något speciellt ändå.

Kanske var det kombinationen av trygghet och ett snyggt ansikte?

Peter kom in genom dörren med ett par stora kassar som såg ganska tunga ut, Alice rodnade för det var säkert alla hennes hårvårdsprodukter. Han gick upp för trapporna, ställde ner kassarna med en duns och ropade på henne.

"Alice, kom hit lite!"

Hon gick upp för trappan och hittade Peter inne i sovrummet.

"Visst känns det skönt? Det känns verkligen som att vi har hittat hem. Jag vet att vi inte har varit ihop så länge men här ser jag mitt liv med dig. Det är här som du och jag ska bo tillsammans länge, länge. Och vi kan renovera och inreda som du vill. Jag är så glad för att du är min." sa Peter.

"Och jag är så glad att du är min. Det känns helt underbart att äntligen få äga ett hus ihop med dig, jag ser fram emot alla fina dagar som vi kommer att spendera här." svarade Alice.

De gav varandra ett leende. Det var inte längesedan som de blivit ett par, kanske hade det gått för fort fram? Alice blev rädd för sina tankar ibland, hon var fortfarande ung och längtade efter att göra saker medan Peter var mer en bekväm man som trivdes hemma en fredagskväll, gärna med *Så mycket bättre* på tv:n. Alice ville däremot ut för att festa och umgås med sina vänner. Hon var fortfarande rädd för att fastna i ett tråkigt förhållande när hon vet hur mycket roligt och skönt som det finns där ute.

Peter jobbade som bolagsjurist inne i centrala Stockholm. Pendlingen skulle ta två timmar varje dag. Men det var på grund av hans jobb som de ens hade möjlighet att köpa ett hus och hon var otroligt tacksam för det. Alice var mellan två jobb – fortfarande.

Hennes tidigare arbete som städare på Viking Line varade inte så länge eftersom hon blev påkommen med att med alldeles för stor egen vilja följa en passagerare in i hytten, fast det var innan hon och Peter träffades. Just nu så sökte hon egentligen inte aktivt efter något nytt jobb, och så länge som de klarade sig på en lön så kände hon ingen press heller. Fast om det dök upp ett bra jobberbjudande skulle hon inte vara främmande för att ta det.

Alice hade mycket egentid på vardagarna och det blev ofta ganska ensamt, det kunde hon inte förneka. Hon försökte så gott hon kunde att sysselsätta sig med böcker, film och promenader. Hon hade ett stort behov av att vara social, men med Peter kunde hon inte prata när han jobbade, det var han alldeles för upptagen för, vilket var synd. Hon hade många tankar att dela med sig av, speciellt när hon blev kåt – då ville hon verkligen dela med sig av alla fantasier. Men troligtvis så hade han avfärdat det, så tråkig som han var när det kom till just de bitarna.

Peter stack iväg till jobbet tidigt på måndag morgon, gav henne en snabb puss på kinden innan han stängde dörren efter sig.

Alice låg kvar i sängen och drog sig i ett par timmar. Hon funderade över vad hon skulle göra under dagen, flyttlådor behövde packas upp, gärna så många flyttlådor som hon bara kunde så att det skulle komma i ordning fort och bli rent och fint. När hon väl bestämde sig för att gå upp så drog hon morgonrocken om sig och satte ett par sockar på fötterna.

Alice gick ner för trappan och kikade in i köket. Det stod lådor uppstaplade utmed väggarna, men kaffemaskinen hade kommit upp på köksbänken vilket gladde henne. Kaffe kunde hon inte leva utan. Hon gick fram till den och placerade en kopp i maskinen och tryckte på knappen. En dag skulle hon skaffa en kaffemaskin som gick att koppla in i mobilen, då kunde hon bara gå ner och hämta den underbara drycken direkt. Maskinen hostade igång och snart var hennes kaffe färdigt. Det doftade gott och en känsla att vara hemma infann sig. Hon föreställde sig redan hur hon skulle bjuda grannarna på kaffe och bakverk när de hade lärt känna varandra lite mer.

Hon öppnade kylen men den gapade nästan helt tom. Det var en sorglig syn att skåda den ensamma bananen samt paketet med mjölk som Peter fått med sig från macken igår kväll.

Alice kände hur magen kurrade och funderade på om hon skulle ta en promenad för att se om det fanns en affär inom lagom avstånd från deras bostad. Hon sprang uppför trappan igen och hittade ett par träningsbyxor och en t-shirt. I spegeln som stod lutad mot väggen såg hon hur väl byxorna framhävde hennes former, hon gillade det hon såg. Alice hade alltid varit en person som tyckte om när folk tittade lite extra på henne och hon skämdes inte över sin kropp. Hon hade en snygg rumpa, en vacker kropp med kurvor och ett par fina bröst.

Innan hon och Peter träffades så var hon ofta ute på krogen för att ragga och hon följde ofta med killar eller tog med dom hem för sex. Det var inte heller något som hon skämdes över, Alice hade varit sexuellt aktiv sedan tonåren, hon hade haft många sköna ligg under den tiden.

Hon gillade redan då hur killar tog för sig av hennes kropp och hon älskade känslan och tanken på när hon skulle få kuk i sig.

Just den känslan innan en ny man knullade henne var obeskrivlig, hon var övertygad om att det inte fanns en enda drog i världen som kunde mäta sig med en riktigt hård och ådrig kuk. Ruset var så bra helt enkelt.

Peter och hennes sexliv var inte dåligt men det var tråkigt. Hon visste hur han ville ha det men han ville helst bara ligga på samma vanliga sätt, varje gång.

På senste tiden hade det smugit sig på en känsla av att allt gick på rutin, fast kanske var det så när man hade varit tillsammans en tid och bodde ihop. Alice hade också känt att hon ville ha något mer, lite dominans och saker som de inte hade provat förut. Men just det verkade svårt att få Peter att förstå, han kom alltid med bortförklaringar och det slutade alltid med att de hade sex i missionären ändå.

Med Peter hade hon heller aldrig haft oskyddat sex, han var jätterädd för att hon skulle bli gravid trots att hon hade skydd. Hon funderade ofta på varför, för enligt henne så var det att vara utan skydd som var det mest intima med någon.

Blev hon verkligen gravid så vore väl inte det världens undergång?

Väl påklädd gick hon ut ur sovrummet och ner till hallen, hon tog på sig sina skor, en jacka och öppnade dörren. Luften utifrån slog emot henne, hon andades in det friska och kände sig rätt så bra till mods trots sina tankar om om att det börjar gå lite väl mycket rutin i sexlivet. Det var som att luften fyllde henne med en ny energi som hon aldrig hade känt innan. Skillnaden mellan att andas luften i ett villakvarter mot den i stan var stor, för sig själv jämförde hon det mellan att äta pasta eller en riktigt saftig köttbit.

Dom hade ägt en lägenhet på Södermalm och luften där kändes på något vis alltid så tung. Det var inte mycket hon saknade med Söder utom möjligtvis restaurangen nere på hörnet, men inte mer än så.

Alice gick iväg. Hon såg sig omkring på de andra grannarnas hus utmed gatan, de låg på rad och såg väldigt hemtrevliga ut, lite som i en film med sina välskötta trädgårdar. Hon föreställde sig vad folk jobbade med som bodde här.

Någon kanske var programmerare, en annan läkare och en tredje kanske mellanchef på något större företag. Tänk om någon hemmafru arbetade extra med något av sexuell natur, kanske med erotisk massage, strippa på någon klubb eller telefonvärdinna. Hennes fantasi hade lätt för att skena i väg och det här var inget undantag. Det kanske hade varit ett yrke tänkte Alice - telefonvärdinna. Att sitta hemma och prata snusk i telefonen hela dagarna, fast risken hade varit att hon var kåt som ett djur när Peter kom hem och hur han skulle reagera på det visste hon inte, men det hade det varit värt.

Hon hade aldrig skämts för att hon gillade sex heller för den delen, det var något som hon inte skulle kunna leva utan.

Plötsligt så hörde hon steg bakom sig som avbröt hennes tankar och när Alice vände på huvudet såg hon en man komma joggandes. Det var en snygg man, hans kropp var muskulös och ansiktet solbränt. Hennes puls ökade lite av synen på honom och kinderna rodnade lätt, hon blev nästan lite generad över hennes egen reaktion.

Mannen kom närmre henne och när han var jämsides så sa han "Hej! Det var dig jag såg tidigare idag tror jag. Du bar in flyttlådor från bilen in i det röda huset längre ner på gatan?"

"Ja, det stämmer bra det. Min sambo och jag flyttade in igår faktiskt. Vi bor i nummer 45." Sa Alice. Hon kollade hastigt på mannens händer, de var stora och hon fick en känsla av trygghet när hon tittade på dom. Hon hade alltid tyckt att händer var trygghet, stora händer som kunde ta hand om hennes rumpa och bröst. Hon rös till av välbehag.

Mannen började prata och hon rycktes ur sina tankar. "Men vad trevligt! Då är ju vi grannar! Jag och min fru bor i nummer 42. Vi kanske kan träffas allihopa för en fika ihop imorgon, så får vi en chans att lära känna varandra lite bättre, jag skulle tycka det var jättetrevligt! Det är inte jätteofta som ett ungt par flyttar hit och när det väl händer så får vi se till att ni trivs."

Alice tittade på honom en stund med en lustfylld känsla i kroppen och svarade "Ja, det vore trevligt. Ska vi säga vid 15-tiden?"

"Det blir toppen! Nu måste jag springa vidare, vi ses!"
sa mannen, han satte fart igen och Alice fortsatte sin
färd mot affären.

Väl hemma igen sparkade hon av sig skorna och kände
för att ta på sig något mer ledigt i klädväg.
I en flyttlåda hittade hon ett par mysbyxor. Hon letade
vidare efter något att ha på sig upptill. Hon hittade en
röd lammullströja som hon hade köpt på NK för några
år sedan, den var varm och det var precis vad hon
behövde idag. Peter hade sagt att han skulle bli sen
hem ikväll, så hon hade köpt chips och hade tänkt ut
några filmer att se fram emot. Hon bestämde sig för
att uppackningen fick vänta till nästa dag.

Alice hade precis hunnit sätta på datorn och hällt upp
chips i en skål när det ringde på dörren. Hon drog en
djup suck och funderade på ifall hon skulle låta bli att
öppna, men sedan fick hon dåligt samvete och tänkte
att det nog är bäst att hon kollar efter ändå.
Med viss irritation öppnade hon dörren. Hennes ögon
mötte mannens ögon, samma man som hon hade mött
för en stund sedan på sin väg till affären.

"Hej! Förlåt att jag stör, men jag tänkte bara fråga om du kanske hade lite socker att låna ut till mig? Jag skulle baka en kaka tills imorgon men sockret var slut."

Alice kom på sig själv med att stirra på honom en kort stund, han var verkligen snygg. Det var längesedan som hon och Peter hade haft sex och hon kände verkligen ett behov av en riktigt hård kuk nu.

Hon fann sig i sina tankar - "Oj, hej. Socker ja, jo, det ska jag nog ha här någonstans. Kom in. Vad var det nu hette förresten? Jag tror inte att någon av oss presenterade oss. Jag heter Alice."

"Nej, det har du nog rätt i att vi inte gjorde. Jag heter Anders."

Alice gick in i köket mot det hörn som hon trodde att torrvarorna fanns i.

Hon kände hans blickar på hennes kropp när hon letade efter det han hade frågat om, det var som att han kunde känna precis vad hon behövde. Alice letade lite långsammare än vad hon hade behövt, hon gillade tanken på att bli sedd. Med en snabb blick över axeln så såg hon att han kollade intensivt, kanske nästan studerade henne.

Alice putade lite med rumpan för att retas, hon hörde ett lågt stönande bakom sig och hon njöt av situationen.

I hennes huvud så spelades det upp olika scenarion, ett var att Anders skulle gå fram till henne, ta tag i hennes rumpa och smiska den. Hon tände så på tanken att få smisk av en dominant man som sedan skulle dra ner hennes byxor och knulla henne hårt bakifrån med en hand runt hennes hals.

Alice suckade lite för sig själv, hon hade ju sambo och borde egentligen inte tänka sådana här tankar. Men den senaste tiden hade det varit svårt att hålla tankarna borta från något mer. Hon älskade Peter men samtidigt så var det något som lockade henne att få kuk av någon som hon inte kände. Hon kunde känna hur fittan blev våt vid tankarna, kinderna började hetta och hon rodnade igen. Hoppas att han inte märker något, tänkte hon.

Sockret låg längst ner i en låda, hon tog upp det och ställde sig upp igen och gick mot Anders.

"Här, jag hittade det till slut."

Hon sträckte fram burken mot honom och kollade in i hans ögon. "Fan vad snygg han är, jag vill ha honom i mig, jag vill ha hans händer på min kropp." tänkte hon.

"Tack ska du ha", sa Anders med en djup röst. Han släppte inte blicken från henne och hela rummet kändes plötsligt mycket mindre.

Han tog ett steg fram mot henne, hans hand landade på Alice rygg. Hon ryckte till men sa inget. Hon ville detta så gärna men samtidigt kändes det fel. Han märkte att hon reagerade men fortsatte med att smeka hennes rygg och fortsatte ner mot rumpan. Hans hand var stor, den var trygg och den hade ett väldigt bra grepp. Hon njöt av hur skönt det var, hela hennes kropp skrek efter mer.

Men plötsligt slutade han. "Hade inte du sambo?"

"Jo, det har jag" stammade hon lite förläget fram.

"Och om jag inte minns fel så var väl du... Gift? Men jag är väldigt ensam många timmar varje dag och det kanske kunde vara bra med lite grannsamverkan." föreslog hon samtidigt som hon förföriskt lät tungspetsen leka över sina läppar. "Men jag vill ha dig, han ger mig inte det som jag vill ha.

Jag vill ha din hårda kuk i min våta fitta. Det har jag velat sen första sekund som jag såg dig." svarade hon.

Anders skrattade till "Jag skulle gärna ge det till dig, men jag vill att du verkligen visar mig hur mycket du vill ha min kuk. Jag får inget sex hemma av min fru och jag känner att du vill ha det som jag kan ge dig, inte sant?"

Alice tittade på honom med ett litet leende och gick sedan ner på knä. Hon började med att knäppa upp knappen på jeansen och sedan gylfen, hon gjorde det snabbt och smidigt med en van rörelse. När gylfen var öppen drog hon sakta ner hans byxor. Hon noterade glatt överraskad att han inte hade några kalsonger på sig. Endast centimetrar framför hennes ansikte svajade nu hans varma, styva kön. Det var stort, hårt och ådrigt. Hon kände hur det vattnades i munnen och fittan krampade av åtrå efter honom. Ett snabbt ögonkast upp mot hans blick visade vad han ville. När hon mötte hans ögon så såg hon Anders intensiva blick, det var som att han inte kunde hejda sig mycket längre.

Alice tog tag med handen runt hans kuk, hon runkade den långsamt samtidigt som hon retsamt slickade runt kanten på hans ollon, tungan fortsatte runt och runt, upp och ner. Från roten till toppen. Anders stönade och hon blev ännu kåtare av att höra att hans njutning.

Hon tog lite av ollonet i munnen, han smakade gott. Alice kände hur han ryckte till av att vara i hennes mun men hon ville inte gå för fort fram, hon ville verkligen inte riskera att det sköna skulle ta slut så fort.

Hon började att suga honom lite intensivare, kuken gled in i hennes varma mun, hennes saliv rann och kuken hårdnade ännu mer. Detta var en känsla som hon verkligen älskade - att få tillfredsställa och sedan vänta på sin egen tur. Att underordna sin egen njutning för sin älskares var en riktig turn-on för henne. Hon ökade takten lite grann och tog mer av hans kuk i munnen. Hon lät samtidigt sin ena hand försiktigt slutas runt hans pung. Hon hade inga problem med att ta kuken långt ner i halsen och Anders verkade inte misstycka om det heller. Alice lät den andra handen greppa hans fasta skinka och hon pressade sin mun så hårt mot honom som hon kunde. Hon kände hans blygdben presssa mot hennes överläpp samtidigt som hans kraftiga lem stretchade hennes svalg och en liten tår av ansträngning pressades fram ur hennes ögonvrå. Han stönade högt men avbröt plötsligt och sa "Ställ dig upp, nu är det min tur att göra det skönt för dig."

Hon ställde sig upp, hon var blöt på hakan av den saliv som hade runnit ner och hon längtade efter vad som skulle hända härnäst.

Anders la sina stora händer på hennes höfter, han närmade sig hennes mun med sina läppar och kysste henne i en het kyss. Han drog av hennes mjukisbyxor och trosor med en bestämd rörelse så att hon stod framför honom helt naken nertill. Han backade ett par steg och kollade noga på henne.

Alice kände sig inte det minsta obekväm av hans granskande blick, hon blev snarare ännu kåtare. Han kom fram till henne igen och drog henne till sig med ett fast grepp. Hans ena hand smekte hennes rumpa, mage och slutligen så närmade sig handen fittan. Det kändes varmt, skönt och den underbara känslan av trygghet dök upp igen. Det var något med stora händer. Alice stönade till, hon var så våt nu att hennes safter säkerligen hade kunnat droppa ned på golvet.

Hans fingrar trevade efter öppningen och de hittade fort fram, ännu lättare gled de in.

Han gav henne ett leende, som att han visste hur mycket hon längtade efter honom.

Fingrarna rörde sig först långsamt för att sedan öka, tummen hittade klitoris med ett vant grepp och började smeka den så skönt.

Alice kände att hon var nära på att komma bara av den lilla beröring, hon viskade till Anders

"Jag kommer att komma snart om du inte slutar."

"Jaså, men var det inte vad du ville då? Eller vill du ha min hårda kuk i dig först?"

"Jag vill komma när jag har din kuk inuti mig", svarade hon med en flämtning.

"Ställ dig på alla fyra och visa att du kan svanka så ska du få kuk." sa Anders

Hon gjorde som hon blev tillsagd. Ställde sig på alla fyra med en svank så djup att det stramade i hela ryggen, nu väntade hon otåligt på att han skulle knulla henne.

Alice kände hur han kom närmare, hon hörde hans tunga andning och kände ollonet mot hennes öppning. Det var som att vänta på något som man hade önskat sig riktigt länge, att veta att det kommer att ske men inte riktigt när.

Han trängde in i henne långsamt, han var så stor att Alice först trodde att den inte skulle få plats, men samtidigt var känslan så skön som något hon aldrig hade upplevt innan. Anders gled längre in, centimeter för centimeter, djupare och djupare tills det tog stopp. Alice stönade till samtidigt som han frågade "Hur hårt vill du att jag tar dig?"

"Jag vill att du tar mig så hårt att jag kommer att tänka på dig i en månad i sträck, jag vill att du smiskar mig, drar mig i håret, jag vill att du får mig att känna mig som en liten slyna." svarade hon.

Anders skrattade till och svarade "Det är inga problem, det kan jag göra varje dag om du vill det. Ända sedan som jag såg dig ute idag så visste jag att det var dig som jag ville ha, jag vill att du ska vara min knulldocka, du ska alltid kunna ställa upp för mig om jag är kåt. Är vi överens?"

Alice svarade "Ja, vi är så överens."

Anders tog tag i hennes hår, ett hårt tag som fick hennes ögon att tåras. Han började knulla henne med långa intesiva stötar och det blev allt hårdare. Hennes fitta var så uttänjd av hans kuk och det var tveksamt om ens ett litet finger hade kunnat få plats.

Båda stönade i takt med varandra, andetagen blev djupare och snabbare. Alice kände hur hennes fitta drog ihop sig, redo för orgasm. Hon började smeka sig själv men en fast hand förde bort hennes egen.

"Du får inte smeka dig själv om inte jag har gett dig min tillåtelse, du måste fråga mig först, oavsett vad det är." sa Anders.

Alice gillade vad hon hörde, det var just det här som hon hade önskat sig så länge av Peter, det som aldrig kom, medan allt gick på rutin och blev var tråkigt.

"Snälla Anders, kan jag.."

"Du kallar mig för Ägare, inget annat." sa Anders

"Snälla Ägare, kan jag få smeka mig själv så att jag kan få komma?"

"Ja, du får lov att smeka dig själv. Jag vill känna hur du kommer runt min kuk, jag vill känna varenda muskel som omsluter sig runt kuken.

När du har kommit så ska jag spruta min sats så långt upp i din fitta som det är möjligt."

Alice blev om möjligt ännu mer kåt av hans ord. Att känna sperma i fittan hade hon inte gjort på flera år, det var en sak som hon tyckte var så otroligt sexigt.

Hon började smeka sig själv igen, kände hur värmen steg i sin kropp och hur orgasmen började närma sig.

Anders knullade henne nu riktigt hårt, det var precis vad hon behövde efter flera veckor utan sex.

Musklerna där nere spände sig och hon kunde inte längre hålla tillbaka orgasmen, hon kom så hårt, hon skrek ut sin njutning medan han fortfarande knullade henne. Anders började stöna högre och högre, han tog tag om hennes höfter för att komma djupare in och det dröjde inte länge innan han också kom med ett vrål.

Han böjde sig fram över hennes rygg, en hand gick in under tröjan på henne för att ta tag i hennes bröst.

Brösten var fylliga och en längtan väcktes i Anders när han kände hennes bröst i sin hand.

"Mm, dom där får jag ta hand om nästa gång." tänkte han.

Efter att ha pustat ut ett tag så reste dom på sig långsamt. Alice kände hur sperman droppade ur fittan och hon kände sig både sexig och smutsig på samma gång. Det var en känsla hon tyckte om.

Hon undrade om han skulle vilja ses igen. Skulle hon kunna leva med sitt dåliga samvete gentemot Peter? Ja, det kunde hon nog, hon älskade Peter men han gav henne inte vad hon ville ha i sängen.

Framför henne stod Anders, en man som verkade ha mycket att ge henne, att lära henne om vad det egentligen innebär att bli knullad ordentligt, som den slyna hon ibland behövde få känna sig som.

Hon skulle inte ge upp honom i första taget, om det nu var så att han inte ville ses mer. Alice tog mod till sig och frågade

"Du, är det så att du kanske vill ses igen?"

"Vill? Ja, det gör jag. Dessutom så måste vi det, för du bad inte om min tillåtelse att få orgasm och det är inte okej. Vi ska ses så ofta som det bara går, tills du har lärt dig det. Sedan är det ett antal saker som jag verkligen vill göra med dig och lära dig. Vad det kan vara får du fundera på en stund." sa Anders med en liten glimt i ögat och busig blick.

Alice kände hur hon rodnade lätt igen, denna man hade fått henne att känna sig sexig, smutsig, liten, trygg och osäker på samma gång.

Det var ovant för henne, hon hade alltid varit självsäker när det gällde sex, men nu kände hon sig som en liten skolflicka. Och hon älskade det. Hon tittade på honom med en lika busig blick som han precis gett henne och han förstod att hon var nyfiken, att hon ville mer.

Anders gick mot dörren. Alice fattade tag i burken med socker och skyndade sig förbi honom. Fortfarande enbart klädd i sin ulltröja och med den bara underkroppen ställde hon sig framför honom. Hennes safter och sperman hade gjort insidan av hennes lår alldeles kladdiga, hon märkte att Anders såg hur vått det var utmed hennes ben. Fort svarade hon "Glöm inte sockret, det var väl därför du kom." sa Alice.

"Ja, just det. Annars blir det inget fika imorgon och det vore väldigt tråkigt." svarade Anders med ett inbjudande leende.

Alice sträckte över sockret till honom, han tog emot det och gick förbi henne. Båda vände sig om samtidigt och han gav henne en blick som visade tydligt att han inte var färdig med henne på långa vägar.

"Du, vi ses imorgon. Jag vet vad jag vill göra med dig nästa gång vi är ensamma. Det finns en risk finns att du inte kan sitta ner ordentligt på en vecka." Anders klev över tröskeln, gick iväg och lämnade henne med de orden.

Orden hade väckt kåtheten hos henne igen men hon visste att hon inte kunde göra något åt det nu.

Tiden hade dragit iväg alldeles för mycket, det var dags för Alice att fräscha till sig och försöka samla sig själv innan Peter kom hem.

Hon gick upp till badrummet och satte igång duschen, gick tillbaka till sovrummet för att snabbt lägga sig ned på sängen och fundera på vad hon just hade gjort.

Kände hon ånger?

Nej.

Kände hon åtrå?

Ja.

Ville hon göra det igen?

Självklart.

Och det måste bli snart.

Alice reste sig upp från sängen. Fastän hon visste att vad hon gjort var fel så kunde ändå inte lyckoruset lägga sig, hon funderade tillbaka på när hon hade känt så här starkt innan. Det var lång tid innan hon hade träffat Peter, troligtvis mer än tio år sedan. Det kändes så avlägset att det lika gärna kunde ha skett i ett tidigare liv. Kanske någon av hennes första förälskelser. Från den tiden då allt var enkelt och sex var meningen med livet. Och jävlar vad hennes liv hade haft mening på den tiden tänkte hon och rodnade lite lätt.

Med raska steg gick hon in i badrummet, ulltröjan åkte av och Alice tittade på sin bild i helkroppsspegeln, hon gillade vad hon såg och hon var rätt säker, ja faktiskt helt övertygad, om att även Anders hade gillat vad han fått se. Blicken vandrade långsamt nedåt. Förbi hennes fasta bröst och ner mot magen. Vid troskanten fanns en svag tan-line och dom svullna blygdläpparna på hennes nyrakade kön blänkte till av fukt. Hela insidan av låren var våta, kladdiga och doftade av lust och begär. Både hon och Anders hade lämnat ett spår av vätskor på hennes kropp och hon lät den vänstra handens fingrar smeka upp lite av den sperma som runnit ur henne alldeles nyligen. Hon kunde förnimma känslan Anders hade gett henne, när han långsamt fyllde henne med sin sköna kuk. Hon kunde visualisera varenda ådra, varenda centimeter av härligheten. Kunde hon göra detsamma med Peter? Troligtvis, men det var bilden av Anders kuk som dök upp. Hon älskade den och hon ville ha den igen. Kåtheten stegrades åter i hennes kropp, hennes händer började att med lätta rörelser smeka brösten, hon stönade högt och kunde inte låta bli att nypa sig själv hårt i den ena bröstvårtan. Nästan som ett litet straff. Smärtan skickade en våg genom hennes kropp som fick hennes knän att svaja till. Fingrarna rörde sig nedåt hennes fuktiga skåra och med Anders i sina tankar lät hon ett finger glida in, nästan helt utan motstånd. Fingrarna sökte sig utåt och masserade klitoris. Njutningen var så stark nu, blixtar flimrade framför hennes ögon när orgasmen slog henne utan tillräcklig förvarning. Hon hade säkert inte onanerat mer än en minut men det var inte nog. Att nöja sig med endast en orgasm när hon var såhär kåt vore som att endast äta en vindruva när man nästan dör av hunger.

Fullständigt otillräckligt.

Alice behövde mer kuk och hon visste att hon inte kunde få den sköna som hon precis hade haft djupt i sig.

En av Peters schampooflaskor fångade hennes blick, hon bet sig lite lätt i läppen när hon tvekade. Skulle hon verkligen?

Tydligen hade åtminstone hennes kropp bestämt sig för det för plötsligt sträcktes hennes ena hand ut och hon tog den. Hon lät sina fingrar glida längs flaskan och såg hur dom sakta slöt sig runt den för att mäta storleken. "Den var verkligen stor." tänkte hon.

Återigen var det som om hennes kropp agerade på något eget initiativ och hon kände sig som en gäst i sin egen kropp när hon såg sin hand placera den på golvet framför sig, hennes kinder rodnade ett slag, hon hade aldrig gjort något liknande innan, behovet hade inte funnits. Men nu var det som att kåtheten åt upp henne innifrån.

Med en lätt hukning över flaskan så kände hon hur den nuddade hennes öppning, hon stängde ögonen och stönade lågt samtidigt som hon sakta sänkte ner sin kropp över den kalla, hårda flaskan.

Centimeter för centimeter försvann in i hennes fitta, det kändes kallt och opersonligt men ändå så skönt, och det kändes extra busigt att det inte ens var hennes egna flaska.

Den var ganska grov. Faktiskt det grövsta hon någonsin känt inuti sig. Hade hon inte varit så galet upphetsad skulle hon gett upp precis där flaskan blev som bredast. Istället tog hon duschmunstycket, satte på vattnet och lät det spruta sina varma hårda strålar över klitoris samtidigt som hon bet sig i läppen och tryckte till.

Hela badrumsgolvet blev vått men det var ett mindre problem nu. En våg av smärtblandad njutning sköljde över henne och hon blev sittandes helt stilla för en stund. En lätt smak av järn kändes i hennes mun. Hon hade visst bitit sig själv lite väl hårt i läppen. Några långsamma ridande rörelser som kändes både gudomligt och fruktansvärt på samma gång fick fungera som uppvärmning innan hon kunde börja knulla med den på riktigt. Allt eftersom varje kvadratcentimeter av hennes inre tänjdes till bristningsgränsen av den hårda plasten så började den starka känslan av orgasm byggas upp i henne.

Det blev varmt, pirrigt och hon knullade mycket intensivt nu.

En tanke om att flytta sig ut i sovrummet slog henne, därifrån så skulle hon kunna se Anders hus och hon kanske till och med kunde få en skymt av honom samtidigt.

Plötsligt så hörde hon dörren öppnas där nere och Peters röst

"Hej, Älskling!"

Alice fick panik, han kunde inte se henne såhär, knullandes en schampooflaska, han skulle ju tro att hon var galen. Och vad gör han hemma reda nu, han skulle ju komma sent! Det var verkligen ett ögonblick då hon ville överraskas av en man. Tyvärr Var Peter fel man för stunden. Och hur skulle hon förklara vattnet på golvet? Den uteblivna orgasmen gjorde henne dessutom väldigt irriterad.

Hon ropade tillbaka

"Hej älskling! Jag kommer strax ner, ska bara in och duscha av mig lite."

Snabbt ställde hon sig upp, lusten fanns kvar men hon kunde inte göra något åt det nu, det får bli senare.

Hennes sköte som nyss var fyllt till bristningsgränsen var nu helt tomt och övergivet. Med schampoot åter på hyllan lät hon duschens varma vattnet strila ner för henne kropp, det kändes varmt och skönt, nästan som när Anders rörde vid henne.

"Herregud, jag måste verkligen sluta tänka på honom. Jag har ju Peter, det är honom jag vill leva med. Tror jag."

Hennes tankar fick henne att tvivla lite.

Hon hade Peter men samtidigt så var det något som var väldigt tilldragande med Anders och han verkade tycka det samma. Alice bestämde sig för att ta reda på hur han tänker sig framtiden, han kanske är nöjd med att bara ha henne ibland.

Det sista shampoot rinner sakta ner i en virvel i golvbrunnen samtidigt som Alice drar duschdraperiet åt sidan. Där står Peter.

"Oj! Jag märkte inte att du kom in, du skrämde mig."

"Nej, det var lite det som var meningen, att du inte skulle märka. Vad har hänt på golvet? Har vi haft översvämning?"

"Det skedde en missbedömning från min sida, jag hade riktat munstycket utåt när jag satte igång duschen bara, jag ska torka upp sen. Vad gör du hemma så tidigt förresten, jag trodde att du skulle komma hem sent?"

"Aha, inte värre än så. Klienten som vi jobbar med ringde återbud och då tänkte jag att jag pyser hemåt. Vet du, jag stod här utanför och fantiserade om din nakna kropp. Du vet, vi har ju faktiskt inte invigt sovrummet ännu och vad vore en mer perfekt aktivitet att göra nu?" Peters ögon utstrålade en åtrå som inte hade lyst så starkt på länge.

Alice tvekade, hon visste inte varför men hon var helt plötsligt inte så sugen länge. Hon tänkte inte på Peter, det var Anders som var i hennes tankar. Å andra sidan så skulle misstankar fattas om hon inte hade sex med Peter, hon hade aldrig sagt nej innan. Hon försökte frammana någon sorts lust till honom.

"Jaså det gjorde du. Vad tänkte du om min nakna kropp då?" frågade hon.

"Mm, jag skulle vilja ha dig naken på sängen så att jag kan smeka varenda centimeter av din kropp, jag vill smaka på din fantastiska fitta, jag vill knulla dig."

Det var många tankar som for genom Alice huvud, varför är han så här? Någonting är annorlunda och hon visste inte om hon gillade det eller inte. Det var som att en avsky hade kommit fram, bara tanken på att vara nära Peter kändes olustig. Kanske var det hennes dåliga samvete? Nej, hon ångrade inte vad hon hade gjort och hon ångrar inte heller att hon tänkte på den andra mannen som bara bor ett par hus bort. Men hon kunde inte neka Peter, då skulle han veta direkt att något hade hänt.

"Det låter ju otroligt trevligt älskling."

Trevligt tänkte hon.

Sen när började hon använda ordet trevligt om sex. Ett så fruktansvär oerotiskt ord. Ett ord man använder för att beskriva umgänge med kollegor eller någon ful, men stilren, cardigan.

"Det tycker jag också." sa Peter.

Han tog hennes hand och ledde henne till sängen, med varsamma händer lade han henne ner.

Han smekte insidan av hennes lår och ett stön kom från hans läppar.

Hans händer kändes varma och mjuka mot hennes skinn och en rysning gick genom kroppen

Hon kunde inte låta honom fortsätta, hon måste bort från hela situationen.

Peter måste ha märkt att det var något, mitt i en rörelse stannade han upp och frågade "Är det något som är fel?"

Hans blick utstrålade en blandning av besvikelse och bristande självförtroende. Hon förbannade sig själv för att hon gjorde så här mot honom.

"Jag mår lite dåligt, är det okej om vi fortsätter med detta när jag mår bättre? Vilken jävla ihålig lögn, han fattar att jag inte är ärlig.

"Syns det på mig att jag har knullat med grannen?" tänkte hon med en stigande oro.

"Ja, självklart. Kan jag göra något? På vilket vis mår du dåligt?"

Det var så typiskt honom, omtänksam och snäll.

Egentligen ville hon ge honom en avsugning bara för att han var så söt men hennes åtrå var för tillfället inställd på Anders och den kompasskursen var inte lätt att ändra så snabbt.

"Jag tror att jag har början till migrän, jag kan ju ha det ibland, du vet. Det har varit lite mycket med flytten och helst så vill jag ligga i soffan och kolla på någon dålig film." Alice hoppades på att hennes lögn skulle låta trovärdig.

Peter kollade granskande på henne, efter ett tag sa han "Jag vet älskling, det har varit ganska mycket och det är inte konstigt om du mår dåligt. Vi gör såhär, du klär på dig och så går jag ner och letar fram några filtar och väljer en film, hur låter det?"

Alice log mot honom. Hennes inre skrek högt att hon skulle be honom gå i några timmar så hon kunde få egentid med Anders men det enda ljud som kom över hennes läppar var "Det låter fantastiskt."

Hon nästan hoppades att filmen skulle vara usel. Det bästa vore att somna framför tvn och vakna när Peter åkte till jobbet. Hon ville vara själv just nu.

När han hade gått ut från rummet så stod hon bara där.

"Vad har jag gjort?" frågade hon sig själv. Känslan i hennes kropp var något som hon aldrig hade känt innan, en blandning av skam och skuld men samtidigt så fanns det en nyfikenhet och en sida som inte ville vara nära Peter. Hon måste få någon rätsida på detta men ikväll så hoppades hon på att hon skulle få ligga ifred i soffan.

När Alice kom ner såg hon att det stod levande ljus på bordet och en stor skål med ostbågar. Han hade gjort det fint med kuddar och filtar i den lilla soffan. Peter satt i ena änden och hon la sig ner i den andra med fötterna, bara en liten, liten bit längre ifrån honom än vad hon brukade göra. Det ilade i hela kroppen av bara tanken på att vara i samma rum som honom. Filmen som han hade valt var en dålig komedi, en perfekt film som man inte behövde hänga med i så mycket.

"Ligger du bra?" frågade Peter.

"Ja, mycket bra. Tack så mycket för att du gjorde det fint här nere, jag uppskattar det verkligen."

Nej, det gjorde hon inte. Hela situationen var bara jobbig, hon ville bort och stanna borta ett bra tag.

Halvvägs in i filmen så plingade Alice telefon till. Hon tog den och kollade, det var ett meddelande från Facebook, någon ville komma i kontakt med henne. Vad hände med tiden då man ringde till någon man ville ha kontakt med? Eller skickade ett brev, eller ett sms. Ja ja, nu var det nya tider och någon motståndare till den tekniska utvecklingen var hon inte, även om hon ibland kunde tycka att den gick lite väl fort fram. Med ett snabbt tryck på skärmen fick hon fram meddelandet.

"Hej! Jag vet att jag tar en risk nu men jag ville bara tacka för i eftermiddags, det var den bästa eftermiddagen jag har haft på länge och jag har inte kunnat släppa tankarna på dig sen dess. Jag hoppas att vi hörs och syns av snart../A"

Hjärtat började bulta i bröstet på henne, hon blev svettig på ryggen och blev pötsligt väldigt nervös. Nu måste hon verkligen spela cool så att inte Peter undrar vad hon håller på med och börjar ställa massa frågor. Fast varför skulle han? Han hade aldrig varit den frågvisa typen men just nu inbillade hon sig att varenda cell i hennes kropp skrek ut hur fel hela situationen var. Hon funderade på vad hon skulle svara.

"Hej där. Det är ingen fara, risker måste man ta ibland. Tack själv för senast, jag ska erkänna att jag har haft svårt att släppa tankarna på dig också. Kvällen har varit lite jobbig, om jag ska uttrycka mig milt. Jag vet ju om att du är gift men jag vill verkligen ha mer av dig. Nu kanske jag tar en risk, men kan du ses igen någon dag snart?"

Med viss tvekan så skickade hon iväg meddelandet, var det rätt gjort av henne? Skulle han dissa henne? Förvisso så hade han skrivit att han ville ses igen, men hon kanske var för på.

Det tog inte lång tid innan ett nytt meddelande kom.

"Du har helt rätt, vad vore livet utan lite spänning? Jag tror jag förstår din känsla om en jobbig kväll, jag har legat i soffan och fantiserat om din sköna fitta. Hur mycket jag vill knulla den. Jag skulle kunna spendera timmar med att smeka din kropp, på ett vis som får dig att böna och tjata om mer, få dig att lyda order och att bli en duktig undergiven, För det är väl vad du vill?"

Med stora ögon stirrade hon på skärmen. Vad var det hon läste precis, ville han göra henne till en lydig undergiven? Det är ju precis vad hon vill men skulle hon vara bra nog för honom?

"Ja, det vill jag. Mer än gärna." Hon skickade iväg sitt svar snabbt och höll nästan andan. Hade hon visat sig för angelägen? Skulle han hålla henne på halster nu?

Kort där efter fick hon ett meddelande tillbaka.

"Bra. Då är det dags för lektion nummer ett. Möt mig i korsningen längre upp på gatan om 20 minuter. Du får lösa det på något vis, inga ursäkter."

Nu kändes det verkligen som att hjärtat skulle hoppa ur bröstet på henne! Han vill ses ute, nu! Vad skulle hon komma på för ursäkt till Peter? Hon funderade ett tag och kom på att det fanns ett kvällsöppet apotek en bit bort och hon skulle kunna säga att värktabletterna var slut. Så får det bli.

"Jag ska bara hämta ett par huvudvärkstabletter." sa hon till Peter.

Fötterna rörde sig snabbt mot handväskan, hon hade alltid en ask där i för nödfallsituationer.

"Du sötnos, jag har inga tabletter kvar. Jag tänker att jag kilar bort till apoteket för att köpa nya, så får jag lite frisk luft på vägen också, det kanske kan underlätta lite."

Peter svarade "Vill du inte att jag ska gå med dig då? Det är ju mörkt ute, du kanske möter någon skummis på vägen?"

"Nej, det är okej. Jag har telefonen med mig och dessutom så är det inte så långt. Tar det för lång tid så kan du ju ringa och kolla läget om du vill."

"Okej, men lova att gå försiktigt bara."

"Jag lovar." svarade hon.

Hon tog upp telefonen som var i fickan och skickade snabbt iväg ett meddelande till Anders. "Jag går nu."

Alice tog på sig sina ytterkläder. Luften kändes lika frisk som tidigare på dagen men nu var det också en känsla av kåthet som uppenbarade sig. En svag vind lekte med hennes utsläppta hår och en slinga blåste gång på gång fram och täckte hennes synfält. Under tiden som hon gick funderade hon på vad han skulle göra med henne denna gången. Skulle han knulla henne? Skulle hon bara få smisk? Skulle han ens dyka upp? Han kanske stod på avstånd och bara kontrollerade att hon var lydig nog åt honom.

Efter ett par minuter så kom hon fram, Anders syntes inte till.

Tankarna om att han bara ville testa henne slog till direkt. Men hon hade inte smitit hemifrån för att stå i en korsning och vara lydig.

"Pssst!" hörde hon någonstans ifrån. Det kom från vänster och när hon kollade ditåt så fick hon omedelbart ögonkontakt med mannen hon fantiserat om hela kvällen. Hennes kinder blev genast varma och den sköna känslan blossade upp inom henne. Fittan började bulta, blodet pumpade så hårt i hennes underliv att det kändes som när hjärtat slår i bröstet efter en rejäl spurt till busshållplatsen.

Fast i fittan.

Hennes steg ledde henne till busken som han stod bakom. När de mötte varandra så sa deras blickar mer än ord, det var kåthet som utstrålades, allt fanns i ögonen, varenda snuskig tanke, varenda begär, varenda önskan.

Anders tog ett fast tag i hennes hår, Alice drog efter andan, hon var inte beredd på det men det var otroligt sexigt och upphetsande. Äntligen en man som inte var rädd för att ta i henne lite skoningslöst, och i en buske dessutom.

Alice log åt situationen, här hade hon smitit hemifrån för att få sig ett knull av sin granne, det är inte något som hon hade kunnat föreställa sig själv göra. Anders kysste henne intensivt, hans hand smekte hennes bröst samtidigt som den andra handen gled innanför hennes byxor och ner mot fittan. Hon var våt. Våt som ett vattenfall och ville inget hellre att han skulle knulla henne hårt där och då.

"Jag har inte så mycket tid på mig, jag måste vara hemma ganska snart igen." sa Alice.

"Då är det väl bäst att vi sätter igång då." svarade Anders med en road blick.

Han tog upp handen ur hennes byxor och drog ner dom, med en snabb rörelse så hade han vänt henne om och tryckt upp henne mot ett träd. Händerna mot hennes rumpa kändes varma och ivriga, det var som att det brände i skinnet av längtan. Han tog i henne med ivern hos en tonårig kille.

Han ville verkligen ha henne och han visade det.

Plötsligt kände hon hur hans kuk nuddade hennes fitta och med en bestämd stöt så var han inne i henne, djupt.

Ett lågt gnyende lämnade hennes läppar samtidigt som Anders knullade henne med snabba djupa stötar.

Hennes fitta var så våt att hon kunde höra hur det plaskade varje gång som kuken rörde sig in och ut.

"Jag älskar att känna hur våt och trång du är, det här ska du ge mig varje dag."

Hans ord fick henne att tänka, kunde det här vara möjligt varje dag? Just nu så var hon bara hemma ändå utan något vettigt att fylla dagarna med.

Varje minut som hon var ifrån denna mannen, en man som hon knappt kände, var en pina. Hon kunde fortfarande se deras hus. Hon log inombord och hon hade inte ett uns av dåligt samvete. Allt hon ville var att dra med sig Anders hem till sängen och knulla med honom hela natten, hon ville på riktigt veta och uppleva hans dominanta sida.

En hård smisk mot ena skinkan fick henne att komma tillbaka till nuet, Anders stönade högt och hon kände hur han knullade henne snabbare.

"Innan jag kommer så ska du suga av mig." sa han med en skarp ton.

Hon sa inte emot, det enda som hon ville mer än att suga honom var att knulla med honom.

"Men man måste ge för att få." tänkte hon och gick ner på huk.

Hans stora kuk svajade framför ansiktet på henne och hon började suga honom. Salivet rann nerför hakan på henne, Anders stönade ganska högt och hon var lite orolig för att dom skulle bli upptäckta. Han smakade så gott, hennes safter ihop med hans var en fantastisk bra kombo.

Plötsligt så drog han upp henne igen, med en intensiv blick som mötte hennes sa han "Duktig flicka, det där kommer du att få göra mycket av framöver."

Kinderna blev varma och en rodnad spred sig på hennes kinder. Hon log.

Anders vände henne om och tryckte upp henne mot trädet igen, hans kuk trängde in i fittan som nu var plaskvåt. Vartenda juck i fittan förde henne närmare orgasm.

"Jag kommer att komma snart, jag tänker spruta dig full. Be mig att spruta i din fitta." stönade Anders fram.

"Mm, kom i min trånga fitta, jag vill känna din sperma djupt inne i mig och jag vill att den ska rinna utmed benen på mig när jag går hem."

Anders tog ett hårt tag om hennes ena bröst, nafsade henne i nacken och tömde sig i henne med ett vrål. Det var om möjligt ännu sexigare och skönare än imorse, hon gav honom ett leende och han svarade med att smiska till henne på skinkan.

Tiden hade gått alldeles för fort, Alice visste att hon måste gå hemåt igen.

"Jag måste nog gå nu innan Peter börjar undra vart jag har tagit vägen. När kan vi ses igen?" frågade hon.

"Mm, det är nog bäst, jag sa till min fru att jag skulle ut på en promenad. Kan vi inte ses imorgon igen? Då kanske vi kan hitta ett bättre ställe. Fast drömmen hade varit att ha dig en hel natt på hotell där jag kan göra vad jag vill med dig."

Alice kände hur hennes sköte drog ihop sig av kåthet, ännu en gång. Tänk så underbart det hade varit att få så många timmar med honom, att hon fick lyda honom, dom måste se till att det sker snarast.

"Jag kan nog komma på något, en av mina bästa vänner bor utanför Jönköping och jag hälsar på henne då och då. Det skulle inte vara någon konstig anledning till att komma hemifrån."

"Bra, jag ska se till att komma med en bra ursäkt jag också. Vi ska hålla kontakten på messenger. Jag skriver till dig senare." Blicken han gav henne efter att ha sagt det var fylld av åtrå och längtan.

Anders bestämde att Alice skulle gå först. Med en snabb blick spejade hon av området innan hon gick ut på gatan igen och hemåt. Lyckoruset som hon kände i kroppen skulle göra det svårt för henne att somna, kände hon. Som tur var skulle dom skriva till varandra sen och hade hon riktigt tur så kanske han kunde dela med sig av lite tankar och fantasier om vad dom skulle göra framöver.

En sval vind smekte hennes kind och hon kände sig mer levande än någonsin nu. Huset uppenbarades och med snabba steg så var hon framme vid dörren och gick in.

"Hej, hej, jag är hemma igen!" ropade hon.

"Perfekt! Jag har hittat en ännu bättre film nu. Hittade du värktabletter?"

"Det gjorde jag, huvudvärken är fortfarande kvar men förhoppningsvis så försvinner den snart."

Peter gav henne ett leende och satte igång filmen. Han ville vara nära henne men hon höll avståndet. Sperman som hon hade i sig gjorde sig påmind, det var fuktigt där nere.

Egentligen skulle hon behöva duscha igen men det skulle verka misstänksamt.

När filmen var slut så var det läggdags, båda två gick upp och borstade tänderna.

Peter sneglade på henne i spegeln och sa

"Du ser annorlunda ut, är det något som har hänt?"

"Va? Nej, det tror jag inte. På vilket vis menar du att jag är annorlunda?"

"Du ser gladare ut, lycklig på något vis. Jag hoppas att det är jag som gör dig lycklig och för att vi har flyttat hit såklart."

Alice visste inte vad hon skulle svara, hon måste hålla masken nu.

"Du vet att du gör mig lycklig och bara denna korta tiden här har förändrat något i mig. Jag känner mig mer levande, glad och tillfredsställd. Och så funderar jag på att börja med yoga eller något så jag kan lära känna lite mer folk."

Ordet "tillfredsställd" råkade bara slinka ur henne utan att hon hann att stoppa det.

"Tillfredsställd? Hur menar du?" svarade Peter snabbt.

"Ja, men du vet, att känna sig hemma så snabbt i ett nytt område, det är tillfredsställande."

Han log mot henne "Jag förstår, och yoga är nog ingen dum idé faktiskt. Du behöver komma ut lite."

Han gav henne en snabb puss på kinden. "Jag ska bara kissa så kommer jag och lägger mig sen" sa hon med ett leende.

Telefonen plingade till när hon satt på toaletten.

"Tack igen för ikväll, jag ser fram emot vårat nästa möte. Jag vill att du kommer över imorgon vid 9-tiden. Jag är ensam hemma och jag vill ha dig här då, om du vågar."

Pulsen ökade och handsvetten bröt fram, skulle hon våga gå hem till Anders mitt på ljusa dagen? Ja, det skulle hon verkligen, hon behövde honom så mycket.

"Inga problem, jag kommer."